가벼운 선물

민음의 시 ● 301

가벼운 선물

조해주 시집

민음사

내내 메고 있던 배낭을 내려놓으니
금방이라도 날아갈 것 같다

배낭이 없었다면
날아가지 못했을 것이다

2022년 9월
조해주

차 례

밤 산책

저쪽으로 가 볼까

그는 이쪽을 보며 고개를 끄덕인다

얇게 포 뜬 빛이
이마에 한 점 붙어 있다

이파리를

서로의 이마에 번갈아 붙여 가며
나와 그는 나무 아래를 걸어간다

여기서부터는 혼자 갈 수 있어요

그를 빤히 바라본다
무언가 생각날 것 같아서

너무 빤히 바라보면
흐릿해진다

모르겠어

뺨에 묻은 얼룩을 지워 주려던 것뿐인데
트럭이 잔상을 남기며 길어진다

페인트는 머리 아픈 냄새
노랑 파랑 주황
다른 색채여도 같은 냄새

어두운 대로변에서 그는 한입 베어 문 사과였다가
사과였다가
심 부분만 남은 사과였다가

빛이 지나갈 때까지 그는 가만히 서 있다

무슨 생각해?
그는 내 눈앞에서 자신의 손바닥을 흔들어 보인다

그는 어떻게 알았을까 내가 흩어지고 있다는 것을

머리 위로 나뭇잎이 사각거리는 소리
나는 수많은 입을 천천히 움직인 셈이다

아무도 모르게

자갈이 자갈밭으로 돌아가는 밤
그중에 내가 누구인지 알아볼 수 없도록

모래는 모래 냄새
물에게도 물 냄새

제가 보이세요?

> 주유소로부터 멀리 도로 끝에서 신호가 깜빡이고 있다

가까운 거리

가까운 거리는 택시를 이용한다.

노란색 택시에 올라타면서
나는 소맷자락이 문틈에 끼이지 않도록 주의한다.

운전석에 앉은 사람은 백미러를 통해 나를 보면서
양화대교를 건너겠다고 말하고

택시는 양화대교를 건너지 않는 동안

그는 색깔에 대해 변명한다. 택시가 노란색인 이유는
카카오 택시여서가 아니고 협동조합 택시이기 때문이라고
한다.

그는 내게 합정에는 무슨 일로 가느냐고 묻는다.
내가 한국어능력시험 때문에 한국어를 배운다고 했더니
자기도 대학 시절에 국문학을 전공했다고 한다.

불문학은 창신동에서 편의점을 하고

영문학은 목사님이 되어 일 년에 반 정도는 더운 나라로 봉사하러 간다고 한다.

문과대학 동기 중에 글을 쓰는 사람은 자신뿐이라고 한다.

대단하시네요,

창밖으로 보이는 은행나무가 멈춰 있는 것인지 움직이는 것인지 생각하다가

나는 턱을 괴던 손을 거두고 주머니에서 볼펜을 꺼낸다.

불빛을 앞두고 차가 멈추어 선다.

사거리를 지날 때 풍경은 답답함을 오래 견디게 된다.

택시가 사거리를 지나가지 않는 동안

굳이

말은 먼 길을 빙 돌아가고 있고

볼펜이 의자 밑으로 굴러간다.

끝이 보이지 않는 어둠 속으로

순간 나의 팔이 아주 길다고 생각했는데 그것은 나의
생각일 뿐

손이 닿지 않는다.

여전하네, 잘 지냈어?

정글에 한 번 다녀오면
이전과는 전혀 다른 사람이 되어 있을지도 몰라

우기를 견디고 나면
몽골 툰드라 세종 기지
사막을 횡단하면

좋겠지만

산책을 한다

길 여기저기 웅덩이
나는 물 한 방울 묻히지 않고 그것들을 가볍게 건널 수
있다

웅덩이에 비친 트럭이 뒤늦게 지나가고

반대편에서 걸어오던 사람과
어깨를 부딪치기도 하고

＞ 한참을 걸었는데도
좋은 생각도 나쁜 생각도 나지 않는다

건너뛰지 말고
일부러 첨벙거리면 달라질까

단정한 셔츠 차림으로 멈춰 서 있는 나에게

여기서 뭐 하니?
하고 누군가가 말을 걸어올 때

두 사람이 서 있는 가로등으로부터
내가 얼마나 멀찍이 서 있는지

박물관 앞에서
만리장성 위에서
폭포 밑에서
붉은 광장 한가운데서

계속

사진 속에서
내가 어떤 표정인지

누군가의 목소리가
얼마나 생각에 불과한지

평일

양파라고 했습니다
어지러움을 느끼는 눈동자가 수만 겹이 되겠지만

이구아나라고 했습니다
혀와 시선이 전혀 다른 방향으로 뻗어 나가겠지만

아무리 달라붙어 있어도
옷걸이가 옷이 될 수는 없다는 사실

집 안 여기저기
널어 두었던 수건이 모두 날아가고
태풍 지나간 자리
얼룩 하나 없이 깨끗합니다

먼지 반짝이는 창가에 서서 차 마시는 오후

유리창은 크고 투명합니다
반쯤은 나뭇가지와 나뭇잎이 차지하고 있습니다
바람에 나무가 흔들리는 소리와

갑자기 비 쏟아지는 소리가 구별되지 않습니다

머리카락이 눈썹 언저리를 간질이고
감은 두 눈

나는 마음이 넓은 사람입니다
아득히 넓습니다
나는 빈터 한가운데 찍힌 점입니다

이런 곳에 살면 참 좋겠다 싶을 정도로

견고합니다
여기서 나가고 싶다는 생각을 꿈에도 하지 못합니다

평화로운 날들
평화로운 날들

전깃줄 몇 개가 풍경에 취소선을 긋고
경관을 해칩니다 선 너머에서

> 숲이 끓어오르고 있습니다

좁은 방

너무 몰입했나

바닥에 가라앉은 것을 자세히 살핀다는 것이 그만
눈동자 안에 통째로 유리컵이 들어가 버렸다

침대 아래 숨겨 둔 편지처럼

그것이 내 눈동자 안에 들어온 뒤로
나는 자지도 못하고 먹지도 못했다
컵이 깨질까 봐

나는 함부로 물구나무를 설 수 없었다
컵에 물이 찰랑이고 있어서

안과에 갔더니
의사는 나의 눈이 건조하다고 했다
그래서 표면에 긁힘이 많다고

이상하다 들어오려는 사람도 없는데

열어 놓을 수도 닫아 놓을 수도 없고

컵이 눈에 들어온 뒤로
무엇을 보면 쉽사리 잊히지도 않아서

뜨거운 물로 하는 샤워처럼
몸 안이 수증기로 뿌연 상태가 되었다

어떻게 묶을까
자꾸 새어 나가는 열기

눈동자는 회전문이므로
아무도 나를 도와주지 못했다

엎질러야 하나

넘칠 때까지
넘치는 줄 모르겠지만

그래도 무엇이든 간직한다는 건 나쁘지 않은 기분인 것
이다

뾰족한 그림자가 눈꺼풀을 찌르기에
안과 옆 나무를 올려다보았다
무슨 말인가 휘갈겨 쓰듯이 천천히 떨어지는 머루잎

붙잡아 보려고

불쑥 나의 눈 안으로 손을 집어넣었다

🥛 원기둥 형태이며 한 손에 그러쥘 수 있는 유리컵. 이것이 통로였다면 그
  통로를 기어서 지나가던 사람은 이렇게 말했을 것이다. "뭐야, 벌써 끝이
  야?"

표범의 마음

차창에 기댄 채 눈을 감으면
키가 큰 순서대로 몸 안에 들어오는 나무들

아주 빠른 속도로
나는 누군가의 갈비뼈 안에 있다

깜빡 졸았어 미안해
나는 감았던 눈을 뜨고

차가 신호 앞에 정지하는 동안

라디오 뉴스가 흘러나온다
어제는 누가 죽었고 어디서 발견되었는지
카펫 아래 숨겨 놓은 것이 얼마나 오래되었는지에 대한
이야기

내가 범인이라면
아주 사나운 동물의 몸속에 들어가 피신하겠어
아마도 표범은 느리게 중얼거리겠지

> 왜 배가 고프지 않을까

무엇이든 할 수 있다
마음먹기에 따라서

이상한 마음을 먹은 바람에
표범은 영영 무리로는 돌아갈 수 없겠구나
그는 핸들의 방향을 틀며 웃는다

표범의 내부는 어두워서
나는 내가 어떻게 생겼는지 모르고

터널에서 벗어날 즈음

옆에 앉은 그는
이제 거의 다 온 것 같다고 한다

머리 위로
울창하게 드리운 갈비뼈를 부러뜨리지 않으려고

> 나는 손을 뻗지 않는다

좀 웃어 봐,
누군가 그렇게 말하면
웃고 있다고 대답한다

처음 보는 사람

나는 가만히 앉아 있는 셈이다 수조처럼
다만 깨지지 않으려고

배 안의 포도가 울렁거릴 때마다
가끔은 전혀 다른 사람이 되고 싶다

이만큼?
아니면 이만큼?

수조를 사려는 사람이 가늠하는 수조의 크기처럼
어떠한 형태도 이루고 싶지 않아서

그는 내가 어른스러운 사람이라고 한다

깊이가 느껴진다고도 한다

나는 순간 숨을 짧게 들이쉰다
비슷한 사람을 이전에도 본 적이 있어서

저어도 저어도 매끈한 죽의 표면

듣고 있어요?

식당 한쪽에서
무언가 깨뜨리는 소리가 들리고

소리가 들린 방향으로 직원이 걸어가는 동안

그는 죽을 깨끗이 비운다

그릇을 긁어내면
수저에 죽이 묻어 나온다

아주 옅은

조용한 사람

나는 친하지 않은 친구들 앞에서도
옷을 망설임 없이 갈아입는 편이었다

무리 중에 몇몇이 키득거렸고

금세 티셔츠를 빠져나온 나는
운동을 오래 해서 그렇다고 덧붙였다

괜찮다는 말은
벽돌 나이프 유리

날짜가 지나거나 임박한 것을 먹느라고
자주 탈이 났다
누군가 다가오면 주머니에 손을 찔러 넣었다

언제나 배고프고
한동안 살아 있는

새벽을 후, 하고 불면 새가 날아갔다

수업이 끝나면 한강으로 몰려갔다
낚싯대를 있는 힘껏 끌어당겨
강바닥의 어둠을 천막처럼 바로 세우기도 하고

다섯 여서엇
속으로 숫자를 세며

폭죽에 불을 붙였더니
아름다웠고
생각이 조금 짧아졌다

몸을 연료로 더 멀리

언제쯤 날이 밝을까?
무리 중 아무도 그것에 대해 말을 꺼내지 않았지만
나는 몰래 사탕을 먹었다 가끔 혼자 떨어져

다다른 곳은 어둡고 습한 체육관 창고

나 말고도

창백한 얼굴로 다급히 들어오는 사람이 있었다

트램펄린

마당에 트램펄린이 있다면

울타리 안에 있으면서도
멀리 벗어날 수 있다

아주 간단하게

벗어날 수 없다
다시 돌아오는 것이다 혀처럼
아무리 높이 뛰어오르더라도
반드시 그곳에 착지하게 되는

윗입술과 아랫입술이
이렇게 멀리 떨어져도 되나?

아
　우
아

아파요
발음할 수 없다면 이미 턱이 빠진 것

자그마한 입을 뻐끔거리는 것만으로도
나는 박장대소할 수 있고
우주 대폭발과 소행성에 대해 쉼 없이 재잘거릴 수도
있다

아무리 크게 벌려도
다시 입으로

입으로

그러니까 마음껏 놀아도 된다 그 안에서
아무리 놀아도 위험해질 수 없기 때문에

시시해
고작 이런 걸 보려고

한참을 뛰다 보면
마당 바깥에서 목소리가 들려온다

이제 그만하고 들어와

알겠다고 대답한 뒤에도
몇 번은 더 뛰어오른다

체조 경기를 보다가

내가 아주 잠깐
나라면
나는 아주 완벽한 삶을 살 텐데

인생은 길기 때문에

나는 올림픽에 나가지 못할 것이다
평생 프로포즈도 하지 못할 것이다

도대체 언제 시작하는 거야?
있을 리 없는 관객의 항의에 대하여

대답을 회피하려는 것은 아니지만
앞구르기 연습을 했다

앞구르기 장인이 되어
뉴스 인터뷰를 한다면 이렇게 대답해야지
할 말이 떠오르지 않을 때마다 구른 게 전부입니다

비결은 아마도

갖고 싶어요
당신이 좋아요
그런 말을 떠올리지 못했기 때문일지도 모른다

체조 선수가 완벽한 공중회전 뒤에
양팔을 벌리고 착지하는 순간

TV를 끄고
등을 돌려 눕는다

내일은 잎차를 마셔야지
커튼을 달아야지
동네 문화센터에서 배드민턴도 배우고

근처 공원을 한 바퀴 돌아야지
공원보다 크게

근린공원

같은 트랙을 반복하고 있다
운동이 되기 때문이다

얼마 뛰지도 않았는데
벌써 땀이 나고

모자를 쓴 사람이 반대편에서 걸어오고 있다

팔과 다리를 힘차게
힘차게 뻗으며

산책로는 연결되어 있다
길과 길 사이에 길이 나 있다 계단이나 돌로 이루어진

새로운 사람들이 산책로에 진입하고 있다

여기저기서 난데없이 걷기 시작하고
외투를 벗었다가 입었다가

맞은편에서 달려오는 사람이 보인다
나는 속도를 줄이고 가로등과 가깝게 선다

모자에 달린 방울에서는 소리가 나지 않는다
고개를 아무리 세차게 저어도

모자를 쓴 사람은
방울의 박자에 맞춰 달려가고 있다

시계탑은 부스러지고
비둘기 떼는 푸드덕거리며 흩어지고

목에 주름이 생길 정도로

운동이 다 된 사람들이 산책로를 빠져나가고 있다

최근

서재 같은 분위기의 카페
책은 자유롭게 꺼내어 보아도 좋다

최근에는 이런 곳이 많아
나도 들어와 본 건 처음이야

나는 그와 만나
최근 들은 것에 대해 이야기한다

죽었다던데? 익사라던데?
그가 말하자 나는
죽은 건 맞지만 최근은 아니라고 답한다

길쭉한 메뉴판을 그의 앞으로 놓아 준다
시곗바늘이 돌아가듯

빨대가 구부러진 채 몇 번 원을 그리려고 시도하다가
멈춘다

무슨 일 있었어? 그가 묻고 나는
있었던 건 맞지만
최근은 아니라고 답한다

아주 오래전에 산 마요르카 여행 잡지를
그에게 건네는 순간처럼

나는 지금 말한다
한 달 전에는 스페인 시골 마을에 살았고
작년에는 갈비뼈가 부러졌다는 사실을

또 보자
인사하고 뒤돌아서서 걸어가면
간판 불이 꺼지듯 눈 깜빡할 사이에 여름은 끝나고

어느 날 그는 바다 한가운데 누워 둥둥 떠가고 있다
대책 없고 평화롭게

나무들이 끝없이 늘어선 길을 가로지르는 사람

조금 아플지도 몰라
미리 양해를 구하고
그는 숲으로 들어간다

놀란 사람의 척추처럼
숲은 순식간에 얼어붙는다

그가 걸어가는 기나긴 길 위로
나무가 촘촘히 박히고 있다

그는 사라지고 싶을 때마다 걷는다
한 번도 멈춘 적이 없다

나무와 사람
사람과 나무

숲속에는
도망치고 싶어 하는 사람도 있고
사람을 찾는 사람도 있다

이마 언저리에 긁힌 상처처럼
나뭇잎 크기의 빛
유독 울창해지는 여름에

돌멩이 하나 주워 든 그가
고개를 들어 하늘을 본다

숲이 재생되는 데에 걸리는 시간만큼

드리워진 모든 구름이 순식간에 지나간다

시먼딩

눈앞을 지나가는 빛의 무리는
정말 오토바이일까

한 대의 오토바이가
푸르게 쌓아 놓은 석과 더미를 무너뜨린다

천막 아래서 졸던 과일 가게 주인이 놀라서 얼른 뛰어
나오고
형체를 알아보기 어려운 덩어리들을 주워 담기 시작한
다 이거 먹을 수 있는 건가 생각하면서

손가락 사이로 흐르는 과육
석과에서 나온 하얀 속이 여기저기 덮인 바닥

눈앞을 지나가는 것이 정말은 무엇인지
순식간에 지나가 버리고 마는 그것을 멈춰 세우는 순
간 사람 머리 따위는 한 번에 날아가 버리겠구나
그는 그런 생각을 하며 젖은 손으로 머리를 긁적인다

부서진 석과는
부서지지 않은 석과와 함께 봉투에 가득 담겨 있다

주인은 다시 자리에 앉아 부채질을 한다

부채가 몇 개인지 알 수 없도록

여의도

거기 사람이 있다는 생각

바람이 불고

무언가 눈에 들어간 것 같아
나는 미간을 찌푸리며 고개를 떨군다

손거울을 꺼내어 눈을 크게 뜬다
눈으로 볼 수 없는 것을
본다

생각보다 눈이 크구나,
옆에서 걷고 있는 사람이 말한다

꽃잎의 형태로 증명되는 가로등의 존재

사람의 표정은 기억나지 않고
어깨 너머로
포장마차의 불빛들이 야시장을 이루고 있다

> 붉은 비닐 천막이 펄럭인다
새의 움직임과는 엄연히 다른 것이다

하나 건너 하나

몇 걸음 걸어가면 꼬치를 파는 곳이다
포장마차는 반복된다

하나
하나

천막 아래로 흘러나오는 까만 전선들

산책이 길어질수록
어둠은 가늘어지고 있는 것일까

점차 선명해지는 대교 너머를 바라보면서
생각보다 멀구나,
옆에서 걷고 있는 사람이 말한다

〉 나는 무언가 대답을 하려는데

벌레보다 작은 빛이
벌린 입안으로 쑥 들어온다

일곱 시

나의 말투는
내가 아는 사람과 어딘지 모르게 닮아 간다

울창한 여름 아래에서
그림자는 잘게 부서지는 것으로 나뭇잎을 표현하고

조금 흔들린다

어둠이 바스락거리는 조각이 될 수 있다는 것은

다시 말해 어둠이
산산이 부서질 수 있다는 것

가루가 되도록

눈에 보이지 않을 만큼 아주 작은
작은
입자로써 존재할 수 있다는 것

그렇다면

한밤중에 불이 켜진 방이나 대낮에 커튼을 쳐 놓은 방도 이해할 수 있다

완벽한 어둠이 있어?

검은 비닐봉지로 덮어 두고 실내에서 키우는 식물이 있다

그것의 끄트머리는 노랗기도 하고 푸르기도 하고

가끔 입안에서 모래 같은 것이 씹히고

직접 키운 콩나물은

맛이 다르다

나는 이걸 어떻게 했느냐고 묻는다

앞치마를 두른 사람은 손을 채 닦기도 전에

그냥 이것
저것

하고 대답해 주었지만
내게 똑같은 것을 만들어 보라고 하면 전혀 다른 맛이
나겠지

식탁이 나무의 젖은 냄새를 간직하고 있는 동안

출렁이는 어둠 속으로
뿌리를 내리는
가느다란

아웃 포커스

눈부신 대답

귤이 받아들이지 못하는 사실이 있다

그냥 허물어지게 내버려 두자
보라가 되더라도
눈이 내리더라도

정류장에 서 있는 사람이 있다
그는 코트에 손을 넣은 채
코끝이 조금 붉다

주머니만큼의 어둠으로도
주먹은 얼마간 견딜 수 있고

언제부터 있었어?
방금 왔어

그가 내 손에 미지근한 귤을 쥐여 준다

아파트 단지의 창문들은
순서를 미리 정해 놓고 돌아가며 빛나고 있다

이번에는 네가 바깥쪽에 앉을래?
그러지 뭐

귤을 둘러싼 조명이 강해질수록
귤은 그저 놓여 있다

손바닥 위에서

정류장은 어둡다
사람이 있다는 사실조차 간신히 알 수 있을 정도로

그와 나는
나란히 앉아 있다

귤에게로
가로등 빛이 날카롭게 모인다

옆에 있는 사람

비가 오고 있다

테이블이 아주 오래전에 실제로 겪었던
기억의 일부를 들려주고 있다
카페 창가 자리에 엎드려
그것을 듣고 있다

창밖으로 택시가 몇 번 스쳐 가고
손끝에 주황이 조금 묻은 것 같아서 손을 거두고

들여다본다

주황은 어떤 주황
가로등이 아니어도 주황

이를테면 주변의 집과 건물
그 안의 모든 접시들을 뒤흔들며 지나가는 지하철이라
든지
구두 굽이 바쁘게 쪼개지는 소리

> 추리소설 속의 범인들은 주로 우산보다 우비를 선호하지
  양손이 자유로우니까? 인상이 달라 보이니까?

  창밖의 비와는 다른 날씨
  기분과도 다른 날씨
  이게 무슨 말일까
  무슨 말인지 이해할 수 있을 것 같은데

  카페 앞을 지나가던 행인이 유리 앞에 서서 똑똑, 두드
린다

  양손을 폈다 쥐었다 해 보았지만
  우산이 없었으므로

  어느새 나는 누군가가 든 우산 밑에 함께 서 있다
  빗속에서

아홉 시

옆에 서 있는 사람이 웃으면
따라 웃게 된다

영문을 모른 채

하품을 하면
하품을 하고

거리 곳곳의 식당에서 걸어 나와
하나의 정류장으로 모이는 것은

작은 라디오에서 크게 터져 나오는 음악 때문에
걸어가는 사람들이 한 번씩 쳐다보고 지나가는 것은

검은 코트를 걸쳐 입은 것은

배를 살살 문지르는 것은

서 있는 사람 옆에는

서 있는 사람

조금 뒤늦게

기침을 하는 사람 옆에는
없는 사람

생각하는 사람 옆에는
우산을 펴는 사람

옆에 서 있는 사람이 놀란 듯 나를 보고
나는 그런 것이 난처하다

정류장 표지판보다 훨씬 먼 곳에 버스는 멈추고
문이 열린다

사람들은 자연스럽고 느리게
걸어간다

나도 그중의 한 사람
뒤따라 걸어간다

버스의 헤드라이트가
사람들을 가시 돋친 그림자로 만들었다

파리공원

공원 한쪽에는 작은 코트가 있다

같이 해도 되나요?
농구 골대를 중심으로
하나둘 모여드는 사람들

서로 밀어내거나
서로의 뒤에 있거나
몸을 낮춘다

인기척이 가까워지면
손에 쥐고 있던 것을 놓는다

드리블하는 동안에 공은
아주 잠깐씩만
바닥에 붙어 있다

점점 가늘어지는 공

사람들과의 거리가 좁혀질 때쯤
패스하려고 팔을 뻗는다

공이 벗어난 순간
이미 알고 있다

잠시 후 공이
골대 안으로 들어가는지 아닌지

타인의 손끝이 살짝 닿은 것만으로
날아가던 공의 각도는 바뀌고

코트 바깥으로 튕겨 나간다

하고 있는 사람과
하지 않는 사람 사이에
공이 놓인다

나는 멀찍이 서 있는 사람을 부른다

저기요,
그것 좀 이쪽으로

에게

일하는 곳에서
서가에 책을 채워 넣고 있는데

어제,
아니다

밑에서 사다리를 잡아 주던 그는
말을 하려다가 말고

두 세 권 정도의 자리를 남겨 두고
나는 책을 마저 밀어 넣는다

비워 두는 습관
그런 제목을 가진 책도 있다

괜찮아, 말해 봐
나는 사다리에서 내려왔는데
그는 내가 어차피 말해 주지 않을 거라고 한다

이제,
아니다

그는 말끝을 흐리고
나는 저녁을 먹으러 나가자고 한다

나가는 길 서점 뒤편에
미지근한 우유가 담긴 그릇을 놓아둔다
아침에 왔을 때 비어 있으면 아직 이 골목에 떠돌이가
남아 있다는 뜻

하지 못한 채로 남아 있는 말들이
새벽에는 개가 되어 찾아올지도 모르지만

검은 털을 가진 개는 아주 많고
사방으로 흩어지는 의미
나는 한없이 길어지는 줄의 끄트머리를 잡고 있는 것
같다

어쩌면
그저 가볍게 주먹을 쥐고 있다

어느새 멀어진 그가 나에게 손짓한다

끝

갈 데가 있어

무언가에 붙들린 것처럼
나는 얼떨결에 걷기 시작했다
주스였다면 엎질러졌을 것이다

목적지와 상관없는 가게들을
길이라고 불렀다
왜 전면이 유리로 되어 있는지는 모르겠지만

비뚤어진 모자
재고 없음
털실처럼 길게 펼쳐지는 침묵

그가 멈추어 섰다
여기인가?

누군가의 어깨를 잡아당기듯이
문을 열며

여기가 아닌가?

비슷한 이름이 반복되고

그와 나는 옷을 몇 개나 껴입었는지 말했다
나는 네 개
나도 네 개

사랑하고 있어,
수염이 자랄 때까지
번화가에서 사람들이 우글거릴 때까지

걸을 때는 앞을 봐
그는 말하고

나는 손을 슬그머니 놓으며
이미 지나쳤을지도 모른다고 대답했다

앓던 이를 후득후득 뱉어 내고 나면

무슨 말을 더 할 수 있을까

건물과 건물 사이
틈은 메우기 어려웠다
그와 내가 아무리 가깝게 서 있다 해도
양팔을 뻗어도

그와 나는 새하얀 국밥집 간판을 올려다보았다
눈이 아플 정도로

지나가던 사람들이 식당 앞에서 기웃거리다
금세 주머니에 손을 넣고 걸어갔다

생일

나는 유리잔을 탁자에 놓다가
구부정한 자세로 그를 발견한다

현관의 주홍색 불빛이 깜빡임을 멈출 때 즈음

문이 닫힌다

그가 가방에서 손을 놓으면
가방은 잠시 자세를 유지하다가 툭 쓰러진다

혼자서 다 했어? 이 많은 걸

놀라워하면서
그는 집 안으로 들어선다

이럴 때는
대답할 기회가 여러 번이었으면 좋겠다

한 번은 그냥,

한 번은 집이 너무 어두운 것 같아서,

한 번은 건배로 할까?

실은 다 말한 것이나 다름없는데

그는 의자에 앉으며
내가 무언가 숨기고 있는 것 같다고 한다

나는 찬장에서 와인 병을 꺼내 오고
그는 그것에 대해 설명한다

그것이 어디서 왔는지
언제 시작되었는지

양초는 점점 형태를 잃어 가고
온도가 되어 가고

혹시 다음에

내가 같은 것을 묻는다면 그는 어떻게 대답할까

아마 그렇게 대답할 것 같다

주말

주말이 삼 일이었으면 좋겠어
아니 사 일

평일에는 출근을 해야 하니까
그와 나는 주로 주말에 만난다

나는 다짐한다
내일은 백반을 먹어야지
백반집은 아주 많으니까

뜨겁겠다
삼키지 않도록 조심해

같이 걸어가다가 밤나무에 다다르면 헤어진다
혼자 골목으로 들어서도 얼마간 킥킥거린다

기침이 나와서 기침을 하다가

사는 것도 휴일이 있었으면 좋겠다

인간으로 매일 출근하는 것도 일 같아서

꿈에서도 꿈을 꾸고
지각을 하니까
규칙적으로 죽었으면 좋겠다 일주일에 이틀 정도는

웃음이 멎어 갈 때쯤
어제 왔던 장소에 또 다시 멈춰 서 있다

가로등 불이 깜박이고

저 불을 밝히고 있던 힘은 어디에서부터 온 것인지
어디에서 붙잡혀 끌려 나오는 것인지

어쩌면 빛은
잠시 쉬고 있던 게 아닐까

수많은 평일을 보내기 위해
선명한 악수를 위해

> 텅 빈 수박 껍질
　주변에 잠들어 있던 날씨와 어둠과 구더기들이 모여들
고 있다

　근육처럼
　뿌리처럼

　그거 마저 다 비우고

　네가 푹 잤으면 좋겠어
　숟가락이 가까워진다

안방해변

밥 먹다 말고 어디 가니

다 먹었어
대답하면서 현관문을 열었다
문에 달린 종이 흔들리고 소리가 멎기 전에

정신없이 물을 들이켜고 나니
단체 여행 한가운데였다

챙이 넓은 모자들
펄럭이는 모자들

모자 하나가 날아가고 한 사람이 뒤따라갔다

미케해변에서 해안선을 따라 걸으면
안방해변으로 갈 수 있습니다
한국인 가이드의 말대로 계속 걸었다
자꾸만 풀어지는 샌들 끈을 묶고 또 묶으면서

챙을 살짝 비껴 들어오는 빛
해가 지고 있었다

이걸 봤으니 다 본 겁니다
걸어도 걸어도
급히 먹은 아침이 소화되지 않았다

먹다 만 것도
먹은 것이므로
나는 안색이 점점 나빠졌다

거의 다 왔다는 말은
아직 오지 않았다는 뜻이므로

샌들 바깥으로
새끼발가락이 삐져나와 있었다
작은 게 한 마리가 발끝을 물고 지나갔다

모자를 잃어버린 사람은

지금쯤 얼마나 멀리 갔을까
밧줄에 묶여 둥둥 떠 있는 보트를 보았다

CLOSED

문구점 안은 조금 덥다
가게 밖보다

맥주병은 열쇠고리
동전은 초콜릿
쭈그려 앉아 고민하다 보면

옆으로 누군가 지나간다
아, 시원해

옆으로 누군가 계속 지나갔으면 좋겠어
시큼하고
짜고
찌푸릴 때에만 생겨나는 미간처럼

걷는 게 어색해서
진열장에 무릎을 부딪히면 쏟아진다

무릎이 사방으로 굴러간다 알사탕보다 멀리

〉 어떤 날에 나는
이제 막 가게 앞을 지나가던 사람

장갑을 창틀에 넣어 두고
만화책을 읽고
사다리에 올라가 액자를 걸고

한 사람이 종일 쓸고 닦는 광경을 나는 왜 이토록 오랫
동안 지켜보고 있을까

출입문에 종이가 붙어 있다
오늘은 태풍으로 쉽니다

안에서 목소리가 들리는 것 같다

방금 그 이야기 너무 웃겼는데
미처 웃질 못했다
다시 해 줄 수 있어?

이번에는 잘 해 볼게

생활감

슬픔은 갈라진다
다양한 물건들

오래된 가게의 이름
La tristeza es mi amigo
슬픔은 나의 친구
라는 뜻이다

낡을수록 좋은
형태를 의식하지 못할 정도로 자연스럽게
뒤축이 느슨해진 운동화처럼

버려도 버려도 돌아오는
상자가 있다 저주처럼

왜 아름다울까 고작 낡은 오르골일 뿐인데
묵직하고
깨끗하지 않기 때문이다

소리가 더러 끊기고
무디기 때문이다 즐거웠던 오후는
이빨 빠진 엘피판이 되어 순간을 반복하고

벽지가 뜯겨 나간 자국은
깃털이 누워 있다 떠난 자리 같다

이상하지
빈 의자에 앉아 따뜻함을 느끼면서도 상상해 본 적이
없다
불이 앉았다 간 자리라고는

유리가 한 겹 덧대진 식탁의 표면을 쓸어내리면서
유리가 끓어오르던 시간을 떠올린 적 없이
되기 전의 유리를 생각해 본 적 없이

멋스럽지요
주인은 어느새 다가와
물건의 흉터를 정성스럽게 어루만진다

나는 무언가 숨기는 사람처럼
헛기침을 몇 번
목례를 한 번

가게를 나서면서 머리가 희끗해진
부부를
누가 봐도 틀림없이 부부인
오래된 사이를 나도 모르게 빤히 바라보고 말았는데

좋아 보인다
주름진 손에 들린 장바구니와 부드럽게 휘어진 대파

가 지나간 자리에서
웃음을 따라 웃어 보는 것이다
이렇게?
이렇게……

안목해변

뭐라도 쓰자
모래 위에 쓰고 쓴 걸 지우려고
하루를 쓴다
아무래도 노트를 잘못 고른 것 같아

그래도 좋아
두께를 가늠할 수 없다는 거
이야기가 되건 말건
구조신호나 적어 볼까 하다가

눌러쓰고 있던 모자를 놓친다
잠시 날아가는 모자를 구경하다가

삐뚤빼뚤 찍히는 한 줄의 발자국

한 문장뿐인 페이지조차
파도는 칼날처럼 다음 장
다음 장
하고 철썩거린다

생각나는 대로 끄적여도 좋아 어차피
글자는 하얗게 흩어지고

따라가느라 급급하다
우연히 발견한 밧줄을 질질 끌면서
해안선을 따라 걷는다

지렁이가
무게중심을 휘어짐 그 자체에 두듯이

같은 곳을 지나가고 있다
발자국을 조금씩 벗어나면서
했던 말 또 하고 또 하면서

그래도 좋아
그래도 좋아
아까보다 조금 잠긴 목소리로

밟은 자리 또 밟으면서

첨벙거리면서

누수

넘어지는 순간에도
나름의 규칙이 있다

타일은 모른다
색다르게 걷는 법을

점프
타일과 타일 사이의 틈이
한 뼘 정도 떨어져 있는 경우도 있으므로

마름모가 빙글, 돌아가듯이
발목을 삐끗하다가도

타일이 쓰러진 곳에는
타일이 깔려 있다

가구 없는 방
이 집은 혼자 살기엔 넓은 것 같아

발밑이 울린다
바닥이 조금씩 움직이고

플라스틱 박스 안에서
거북은 좀처럼 넘어지지 않지만
넘어지게 된다면

거북은 자신에게서 미끄러지고 있다
기울어지고 있고
죽은 것처럼 보이기도 한다

누군가가 죽어 가는 현장은 너무나 거대해서
그것이 무엇으로 이루어져 있는지 들여다보일 정도다

혈관이 드러나는 순간

나는 바닥에 엎드린다
귀를 가져다 댄 곳에 구멍만큼의 생각이 생긴다

거북의 등껍질은 가슴뼈에서 발달했다고 한다

한 동네에서 오래

어디야? 전화 너머에서 묻는 말에
어디인지 모르겠다
나온 김에 병원에 들러야겠다 나는 대답하고

그러자 그는
자신도 방금 전까지 거기 있었다고 한다

만날 수도 있었는데 아쉽다

내가 아는 많은 사람들은
병원에서 태어났지
병원에서 삶이 시작되었다는 걸 자주 잊는다

병원에서 태어나지 않은 사람들 또한
얼마나 많은지도

링거줄 같은 그림자를 달고
여기에서 저기로

투명함도 덧대면 짙어진다는 것
매일 유리를 닦는 사람이 있다는 것

꼬이는 줄도 모르고

가는 곳만 가게 된다

이동 경로를 지도 위에 표시한다면
기나긴 외출 뒤에 자신의 책상으로 돌아온 사람은
누가 여기에 낙서를 해 놓았나 갸웃하겠지

내가 버린 물건들이
밤의 쓰레기장에 쌓여 있듯이

내용물이 남아 있는 유리병처럼
끝맺지 못한 말들이
금방이라도 무너질 것처럼 거대한 산을 이루고 있다면

쪽지 하나 찾기 위해 코를 틀어막은 내가

어떤 표정이든 지으려고
거기 서 있겠지

이브

그는 살기 위해 먹는다
나는 먹기 위해 사는데

새해에 하고 싶은 일들

일 년 내내 할로윈 복장으로 지내기
기다리고 기다리기
슬픈 노래 백 번 듣기
한쪽 팔로 팔굽혀펴기
더는 할 말이 없을 때까지
양초에 불 붙이기

그는 마음껏 골라 보라고 한다

메뉴판은 한국어와 중국어로 되어 있고
코팅된 종이 위로
끈적한 소스가 눌어붙어 있다

눈도 아니고 비도 아닌 것이 내리고 있으므로

나뭇가지에 아무것도 쌓이지 않았으므로

물을 마시지 않으면
밥을 먹은 것 같지가 않아
식후의 그는 말하고

차가 식어 가는 동안

식당 앞에 세워진 차들은 하나둘 미리 떠나기 시작한다
어딘가에서 지각하지 않으려고

배가 터지도록 먹는 저녁
나는 창밖을 본다

멀쩡한 표정으로

창가 쪽에 앉아 있던 사람들이
외투를 입으며 일어나고

저기로 옮길까?

그가 말한다

편식

만둣국이 먹고 싶다고 했더니
그는 말만 하면 뚝딱하고 나오느냐고 한다

마른 행주로 그릇을 닦는 저녁
하나둘 빗방울이 떨어지는 것처럼

난데없이 주름이 잡히기 시작하고
만두가 생겨난다
손가락을 부드럽게 움직이는 그에게서
반죽이 분리되고

만두를 만드는 동안
그는 짝다리를 하고 있다

왼쪽으로 체중이 옮겨 가면
왼쪽 무릎에 주름이 잡힌다

나는 부엌을 서성이다 말고 TV를 켠다
화면이 잠시 나타나고

그게 무엇인지 알게 되기 전에 TV를 끈다면

베개의 일부와
버스나 지하도의 일부가 다르지 않고

툭 끊어내서 대조해 보면
그의 머리카락과 나의 머리카락은
구별하기 어렵다

한창 보고 있는데
그가 이제 먹자고 한다
나는 손을 씻고

식탁에 앉아 그릇을 확인한다
만두가 몇 개나 들어 있는지
숟가락을 쥐고 하나 건져 올린다

만둣국 안에서 만두는

한숨 자고 싶다
둥둥 떠오를 때까지

잠이 쏟아지면 울기 어렵다 눈이 자꾸 감기기 때문이다

너무 가벼워서
아무것도 안 입은 것 같다

어제 입었던 옷을 오늘도 입는 것은
아직 더러움이 모자라기 때문에

하나를 오래 입는 것은

입는 한
도무지 가벼워지지 않기 때문에

옷 같은 마음을 갖고 싶다

무거워?
나는 그의 어깨에 기댄 채 눈을 감고 있다

턱을 조금 들고
목에 힘을 빼고
잠깐 정지

> 그는 나를 보며 생각하겠지
금세 잠드는 사람
바닥만 있으면
머리만 대면

두 사람이 기다란 소파에 앉아 있는 풍경 속에서

시소처럼

어떤 일은 오래전 일이 되어 가고

소금 항아리

상해 가던 열매가
익어 갈 때

줄 게 없다며
그를 나의 창고로 불러냈을 때

문이 열리는 순간 그는
이 중에 내 것이 뭐냐고 묻고
콕 집어 말할 수는 없어
나는 망설이다가

선반에는 검은 눈동자 같은 항아리들이
빼곡하다 시선이 쏠리면
선반이 기운다

물을 따르다 말고 생각에 빠진다
한쪽이 멈추지 않을 때
나머지 한쪽도 멈추지 않는

깨뜨리는 순간 깨닫는
생각 속에서

미지근한 밤의 호숫가에서

창문에서 흘러나오는 달큰하고
끈적한 빛
원하지 않아도 얻게 되는

항아리 하나를 안겨 주자
그는 기뻐하며 창고를 나간다

품 안 가득했던 것이 다 녹을 때쯤
그는 부서지겠지

나무가 깨져도
금세 회복하는 호수처럼

백년서점

지금 눈 와요
휴대폰을 내려 두고 커튼을 젖히면
눈이 오지 않는다

숲인지 밤인지 모를 정도로
깨끗한 창

눈을 비비적거릴 때
빗자루를 벽에 세워 둘 때
신발 안에 들어간 모래를 털어 낼 때

붉은 책장과 난로 위로
불타는 숲 위로
눈이 내린다는 생각

컵에 덕지덕지 달라붙어 있는 커피 자국

음악 들으며 잡지를 읽고
서 있으면서 눕고

생각에 빠진 채로 아무것도 보지 않을 때

눈발이 몸 안으로 날아든다

숲의 정수리를 중심으로 하얗게 소용돌이치는 겨울
머리카락을 질끈 묶는다

들어갈 엄두가 나지 않는다
너무 활짝 펼쳐진 숲의 입구 앞에서는

참외의 길이

참외를 일부러 엎지르고
얼마나 흐르는지 지켜보았다

화가 나지 않아도 화를 낼 수 있다 사랑해야 한다면 사
랑할 수 있는가 빗자루가 닳아 있다면 숲은 비워지는가
나와 그는 아침마다 숲에 길을 내며 산책한다 줄기의 종
류는 다양하다 이파리는 중심부로 빨려 든다 사람은 둘인
데 발자국은 유한하다 숲이 채워지는가 숲이 점점 무거워
진다 잘 익은 참외가 바닥으로 떨어지는 일이다

그는 잘 웃는 편이다 참외를 베어 문다 참외를 남기려
고 아니면 이빨 자국을 남기려고 아무것도 남기지 않으려
고 참외를 숲속에 버리면 숲이 비워지는가 한입 베어 물
면 좀 달라지는가 멀리 떠난 그를 내 옆에 데려다 놓아도
나는 가벼워지지 않는다 그는 창문을 닫으며 웃겠지만 나
는 새벽에 일어나서 눈을 비비기나 하지

나는 그가 먹던 참외를 베어 문다 조금쯤 남기고 싶다
산책은 이틀이나 사흘에 한 번씩만 하면 좋겠다 숲이 다

사라지면 그때는 어떻게 할까 일기를 한 줄씩 지우면서
살고 있는데 어떨 때는 두 줄만 남는다 참외를 판단하지
않으려고 참외를 베어 문다 나무마다 주렁주렁 독처럼 매
달린 참외 종처럼 흔들리는 참외 수많은 사람들 중에 어
떤 사람을 만난다는 건 왜 하필 수많은 사람들일까 한 입
만 남겨 줘, 그가 말한다

　나는 참외를 베어 문다 산책이라기엔 길고 길이라고 하
기엔 범위가 애매하다 길이 끝나기 전까지만 걸어야 한다
그것은 참외를 두 쪽으로 동강내지 않는 일과 같다 금이
라도 그어 두지 그랬어 나는 치열처럼 삐뚤빼뚤 참외를 베
어 문다 대화는 어두운 통로를 흐르고 있다 이 딱딱하고
뻣뻣한 것 이토록 하얗고 금이 간

　낙엽들을 그늘 쪽으로 미뤄 놓았다
　길 바깥이 얼마나 부서져 있는지 지켜보았다

다름 아닌 땅콩

어쩌다 이런 곳에 땅콩이 생겼는지 모를 일이지만……
문득 손바닥에 거칠게 만져지는 게 있어 들여다보니 땅콩이 틀림없구나. 손바닥 한가운데 땅콩이 박혀 있는데도 아프지 않다니. 나는 땅콩 나무가 되어 가는 것일까?

이렇게 구체적인 굳은 살을 가지리라고는 생각지 못했는데. 낙엽을 떨구듯 옷을 홀랑 벗고 거울 앞에 서 본다. 고개를 빼서 뒷모습을 확인해 보아도 땅콩이라곤 주먹 속의 하나뿐이다.

나무라기보다는 그저 땅콩 하나가 들러붙은 사람. 그것도 아니라면? 이렇게 작고 딱딱한 귀신도 있나. 그러나 땅콩에게는 아무런 원한도 읽히지 않는다.

그저 만져지는. 난생처음 반지를 낀 사람처럼 시도 때도 없이 손을 들여다보게 되는. 손가락을 펴면 소중한 것을 쥐고 있던 사람처럼 그것이 잘 있는지

불편한 것이 없다. 누군가와 손을 잡을 때 빼고는

> 내게 아프지 않은 땅콩이 그에게는 돌멩이처럼 박히는
구나. 땅콩이 무어라고. 땅콩을 떼어 내 버리자 그만큼 움
푹 팬 자국이 남아 있다. 땅콩 따위 어디론가 던져 버리고

나는 그와 다시 손을 잡는다. 있는 힘껏 잡아도 맞붙은
손바닥 사이에는

여전히 땅콩 같은 것이

마침

바람은 옷장을 소유하지 않는다
때로는 신문지를 입고
때로는 나뭇잎을 입고 나타나지

갑판 위에 서 있는 한 사람
그가 무언가 이야기할 때
귓속으로 바람이 소용돌이칠 뿐

물속에서도 바람이 분다
수많은 뼈들은 달그락거리고

고래가 해초 사이로 사라졌다가
아주 오랜 시간이 지난 뒤에야
물을 뿜어내며 수면 위로 모습을 보였다

고래가 물속에 있는 동안 무엇을 보았는지
무엇을 먹었는지
아는 사람은 없었다

집까지는 걸어서 갔지만
걸어가는 동안에 젖은 몸이 다 마르지는 않았다

옛집 나무 바닥의 옹이가
비명을 지르는 사람의 얼굴처럼 보인다고 생각했다
얼굴에 달라붙은 걸 떨쳐 내려고 집 주변을 반복해서
걸었다

그때 마침 기차가 지나갔다
다 지나간 뒤에
플랫폼에 혼자 서서 웃음 짓는 얼굴이 있었다

기분 탓이야
귓가에 속삭이는 목소리가 있었고

음악 때문에

전화를 왜 이렇게 안 받아?
누군가의 메시지를 확인하고 뒤늦게 전화하는 밤

냉장고 앞에서 서성이는 것도
먹다 남은 죽 바게트를 꺼내 드는 것도
눈 감고 춤추는 것도

너무 미안하다
음악 듣느라 새까맣게 모르고 지나간 소음들

나는 기차역으로 간다 운전면허가 없기 때문인데

기차가 달리는 동안에
창가에 기댄 얼굴을 또렷이 볼 수 없는 것처럼

돌이킬 수 없는 순간들을 몇 번이나 떠나보낸 뒤에
귀가 좀 아프다
이제 그만 들어야지

고개를 들어 주변을 살펴보면 낯선 역에 도착해 있고

언젠가 나는 오늘 들었던 음악의 제목을 궁금해할지도
모른다
그 노래 뭐였지 하면서
되게 좋아했는데 하면서

모든 철로의 끄트머리를 조금씩 떼어 온
시작과 도착들이
역사 지붕 위로 전깃줄처럼 엉켜 있다

그 사이로

연기가 새어 나가고 있다
그걸 따라 할 수는 없지만
그것이 어떻게 지나가고 있는지 설명할 수 있다

가방의 깊이

이상하다
분명히 넣었는데

손을 넣어 한참을 뒤적여도 잡히는 것이 없다

가방의 입구는
왜 이렇게 크게 뚫려 있는 거지

바닥까지

훤히 들여다보이는
가방의 밑부분을 손으로 슬쩍 받쳐 보는 순간
나는 잠시 들어 올려진다

잘 생각해 보아야
떠오르는 생각처럼

가방의 내부는 넓고
수납공간이 너무 많다

> 볼록 튀어나온 부분을 더듬어 보아도
형체가 만져지지 않는다

주먹에서 빠져나온 실밥이 흔들린다

셔츠의 크기

셔츠의 소매 부분이
활짝 열려 있다
단추가 떨어지는 바람에

끄트머리는 젖기 쉽다
잡아당기면 길어지니까

줄자를 갖다 대는 경우
셔츠의 크기는 천차만별이다

깃부터 등부터
줄자의 시작점을 어디로 하느냐에 따라

셔츠에 달린 단추가 모두 떨어지면
셔츠는 펄럭인다
달려 나가지 않아도

단추는 반짝일 때
앞면과 뒷면을 번갈아 보여 준다

넉넉한
셔츠를 입고
그는 찌르듯이 걷고 있다

셔츠가 그의 몸을 드나든다
그네처럼

이거 떨어뜨리셨어요
나는 그에게 달려가 손을 뻗는다

셔츠를 움켜쥐면

셔츠가 날아간다

좋은 하루 되세요

출근하다가 길거리에서 티슈를 받았다

새로 생긴 치과에 오라는 뜻이었지만
회사에 도착할 때까지도
티슈 말고 다른 걸 생각해 보지는 않았다

사무실은 건조해
한 입 베어 문 쿠키 아래 티슈가 있고
티슈에서 나는 약품 냄새 때문에 머리가 아픈 것 같고

하나를 꺼내려다가
줄줄이 빠져나오는 것을 꾹 누르며

나는 나와 그다지 상관없는 일들에 골몰했다
가끔 누가 부를 때만 파티션 위로 고개를 내밀었다

이마를 살짝 덮은 머리카락이 서서히 흐트러지는 동안

하얀 셔츠를 하얗게 만드는 마음으로

나는 반듯한 자세로 앉아 부지런히 손을 움직였다

컵의 바닥을 빨대로 빨아들이고
손으로 쥐고 흔들어 보아도
흔들리는 것이 없었다

잠시 쉬려고

티슈를 꺼내 그 위에 적힌 글씨를 읽었다

OPEN

식당은 규모가 작아서
안이 훤히 들여다보일 정도다

한편에 미뤄 두는 말처럼

문 앞에는 야외 테이블 하나가 놓여 있다
영업 중에는 밖에 두다가
영업이 끝나면 안에 들이는

테이블이
실내와 야외를 수도 없이 오가면서
식당은 오래된 식당이 되어 간다

열림
닫힘
팻말이 뒤집히고

뒤집는 힘이
그것을 한 번 더 뒤집고

＞ 두건을 쓴 사람이
두건을 벗으며 주방에서 걸어 나온다

점심시간을 훌쩍 넘긴 후에

메뉴판을 접으며
주인이 바뀌었느냐고 물으면
주문 받는 사람은 모든 것이 그대로라고 한다

나의 접시는 비어 있다

원하는 것을 다 이야기하고도

식당 내부는 언제나 꽉 차 있다
자리 하나 없이

그런 사람

그런 사람 어때
너무 많이 먹어서 죽은 사람의 배처럼
작은 보따리를 가진 사람

물의 무늬를 고쳐 쓰는 해파리가
날파리를 잡아당긴다
수많은 바닥을 가졌다는 점에서 둘은 비슷하잖아

배가 고플 때도
배가 고프지 않을 때도
출렁이는 것은 마찬가지

텅 빈 방을 채운다는 일
방이 물의 파동과 함께 넓어지거나
위액처럼 녹아내릴 때까지

감자가 감자 수프가 되는 방식으로
나는 꽤 부드러운 사람으로 자랐네
흐르듯 다음 방으로 넘어갈 수 있을 정도로

> 단단한 바닥을 가진
그런 사람은 어떨까 생각하면서
해파리는 입을 다문다

몸은 몸이라는 이유로
본의 아니게 삼킨다
삼키듯 아프고

풍선처럼 쉽게 웃는

풍선의 무게

입을 길게 늘여서 풍선을 만들었다
무거운 것을 가볍게 만들 때까지
침묵했다

가볍게 말하기에
가벼운 줄 알았는데
막상 들어 보니 생각보다 무거워서

가벼워질 때까지 날아가지 않았다
날아간 것은 반드시 무거워졌다
구멍이 있는 것은 터졌다
마음이 넓어졌다

풍선은 가끔 닻을 내리고 싶었다
수많은 닻이 풍선을 스쳐갔다
우는 아이
잎이 뾰족한 나무
껌을 씹다가 깜짝 놀라는 사람

풍선은 적당한 크기를 견디느라
죽을 맛이었다 있는 힘껏
최선을 다했던 처음처럼
얼굴아 터져라, 터져

그럴듯하고
그럴 듯 그러지 않으면서
풍선은 기우뚱
떠올랐다

누군가 나에게 풍선을 건넸다
생각보다 너무 가벼워서
선물 같은 느낌이 들지 않았다
매듭지어도 결말은 아니었다

누군가 만족스럽게 미소지었다

BREAK TIME

그는 나무로 된 의자에 앉아 있다. 자세를 고칠 때마다 삐걱이는 소리. 의자에서 나무를 빼면 무엇이 남을까. 못이 남는다. 그에게서 의자를 빼면? 무릎을 구부린 그가 남는다. 풀려난 못은 저만치 굴러간다.

그는 지나가던 직원을 붙잡고 검지를 보여 준다. 직원은 그의 손에 컵을 쥐여 준다. 그는 손에 쥔 것에 일부러 집중하지 않는다. 그의 순서가 언제 닥쳐올지 모르기 때문이다. 그는 목을 길게 빼고 식당이 얼마나 넓은지

나도 모르게 그것을 바라보게 된다. 내가 모르는 곳에서. 풍경에서 식탁을 빼고 식탁보를 빼고 접시와 스푼을 뺀다. 티슈를 뽑아서 쓰듯이 그것들을 지워 나간다. 하얀 낱장이 흩날리고. 그가 생각날 때까지. 거기 앉아 있을 때까지

그는 나무로 된 의자에 한참을 앉아 있다가 갑자기 뒤를 돌아본다. 거기에는 내가 서 있다. 그는 귀 언저리를 손으로 휘저어 날벌레의 기척을 쫓는다. 그의 손은 나에게

닿지 않는다. 나는 여기에 서 있다. 이제 들어오세요, 직원
이 부르자 그가 의자에서 일어나고

일기예보

누군가의 흠에 대하여
그는 그럴 줄 알았다며 웃는 사람

비로 내리기 시작해서
눈으로 바닥에 쏟아지듯이
보이지 않았던 것이 보이고

필요 없다고 생각했던 우산이 필요해지듯이
갑작스러운 마주침에 대하여

그는 어쩐지 그런 느낌이 들었다며
들고 있던 초콜릿을 마저 입에 넣고
손을 터는 사람

내가 그에게 건넨 말이
이미 녹아 없어지고 있다

밤이 온다
질척거리는 길을 걷는다

＞ 집으로 돌아가려고
집을 나서던 길인데

그는 모를 것이다
내가 이 밤길을 다시 걷지 않으려고
얼마나 많은 밤을 지나왔는지

그러다 종아리에 까만 물이 몇 방울 튀고

펜팔

한 번도 만난 적 없는 사람으로부터
사랑한다는 말을 들었다

내가 돌김을 보내 주고 싶다고 했기 때문이다
동티모르에 사는 사람에게

아직은 답장을 보내지 않은 채
노트북 앞에 앉아 잠옷을 고른다

나뭇잎은 폭이 좁고
파인애플은 편안해
언덕은 까끌까끌하고
오두막은 덥다

어떤 잠옷은 너무 얇아서
손을 집어넣으면 손바닥일 것 같고

받는 사람과 보내는 사람이 같은 편지처럼
어디로도 떠나지 못한 채

사각거리는 잠옷을 입고 침대에 누워
한 번도 가 본 적 없는 동네를 사랑하게 된다

동티모르에서 중년은 포루투갈어를 쓰고
아이들은 테툼어를 쓴다고 한다

바닷가에는 돼지가 뛰어다닌다고 한다

잘 찾아오실 수 있겠죠?

산장 앞에 사람들이 모여 있었다

혼자 다른 쪽을 보고 서 있는
사람의 표정이 가장 밝았다

밝은 사람의 목소리가
가장 컸다

길이 하나니까 헤맬 일은 없을 거예요

산은 밤이 되고
체험은 밤새 계속되었으므로

손전등을 비추는 방향에 따라
왼쪽으로 흔들리면
왼쪽으로

오른쪽으로 흔들리면
행렬에 빈틈이 생겨났고

사방으로 늘어나는 바지처럼 길이 트였다

나무와 나무 사이
사람 한 명이 충분히 오갈 수 있고

어깨를 움츠리는 것만으로
길은 얼마든지 만들 수 있다

무리 중 하나가 말했다
이제 돌아가는 게 어때요 더 가면

함께 걷던 사람은 걱정하지 말라고 했다
돌아가는 길을 알고 있으니

그들은 조금 더 걸었다

산장과 빛을 멀어지게 하려고

여력

아침에 눈을 뜨면
손등의 뼈가 몇 개나 돋아나는지 세어 본다
오늘은 세 개지만 어제는 네 개였다

접이식 탁자가 접혀 있다가 펴지는 순간처럼
잠겨 있던 뼈가 도드라질 때
도드라지지 않은 뼈도 있음

아직 대답하지 못한 말들이
건조한 입술의 표면에 갈라지고 있음
모르지 않지만

모조리 꺼내 놓을 수는 없으므로
오늘은 봄옷을 옷장에 넣어야겠다

하늘거리는 옷을 개면서
하늘이 개는 걸 물끄러미 바라보다가
손등이 간지럽다
문득 등 뒤가 서늘해진다

가끔은 멍하니 하루를 보낸다
영혼에도 표면이 있기 때문이겠지
눈동자로부터 가능한 멀어졌다가 바짝 붙기 때문이겠지

온 힘을 다해 심해로 가라앉았다가 다시 떠오르는 잠
수부처럼
등을 조금씩 바깥으로 덜어 내는 고래처럼
나의 일부는 늘 잠겨 있고

누가 길고 짧은지
몸을 맞대며 낙하하는 빗방울을 바라보다가

천천히 자리에서 일어나
남아 있는 힘을 모아 치약을 짠다

손끝이 얼얼할 정도로

아직 더 남은 것이 있다

매혹적인 무표정

박혜진(문학평론가)

> 연기가 새어 나가고 있다
> 그걸 따라 할 수는 없지만
> 그것이 어떻게 지나가고 있는지 설명할 수 있다
> ─「음악 때문에」 부분

1 잡히지 않는 그물 만들기

크기의 예술은 인간으로 하여금 시선(視膳)의 한계를 극복하게 해 준다. 구하우스에 설치된 앤디 요더의 「Licorice Shos」는 가로세로 각 1미터를 훌쩍 넘는 사이즈로 재현된 구두다. 커다란 구두 앞에 섰을 때 내 몸이 순식간에 그 속으로 빠져드는 걸 느꼈다. 어린 시절 봤던 어른들의 구두에 대한 기억과 그 구두의 주인들이 보냈을 시간들이 무질서하게 떠오르기도 했다. 반대의 경우도 있다. 디오라마 앞에서도 시선의 한계가 극복되는 체험을 한다. 오직 부분만을 볼 수 있는 인간에게 작은 모형으로 만들어진 세상은 잠시나마 전지적 시점을 허락한다. 크기의 변형을 통해 다른 시선을 가질 수 있는 것처럼 무게의 변형을 통해서도 다른 감각이 촉발될 수 있다. 크기의 예술이 가능하다면, 무게의 예술도 가능하다.

중력이 사물을 끌어당기는 힘을 무게라고 한다. 나는 인식의 세계에도 중력이 있고, 그러한 중력에 따라 무거움과 가벼움의 의미가 결정된다고 생각한다. 중력은 오랜 시간 동안 사회가 공유해 온 사유의 습관이거나 합의된 약속이다. 사람과 사람 사이에서 살아간다는 것은 중력이 끌어당기는 힘에 기어이 끌려가는 것 아닐까. 그러므로 상식이란 중력이 강한 생각에 다름 아니고, 상식에서 벗어난다는 건 중력을 거부하는 생각에 다름 아니다. 사람과 사람 사이에서 살아가며 중력에 이리저리 끌려다니는 우리에게 조해주 시인은 가벼움을 만들 수 있는 생각의 도구를 쥐여 준다. 조해주가 건넨 도구를 손에 들고 보니 사람은 두 부류로 나뉜다고 말하고 싶어진다. 가벼움을 그리워하는 사람과 가벼움을 그릴 수 있는 사람. 이 시집을 읽고 있는 우리는 이제 가벼움을 그릴 수 있다. 중력으로부터 멀어질 수 있다. 『가벼운 선물』이라는 제목의 이 시집이 우리에게 안기는 것은 '가벼움이라는 선물'이다.

조해주로부터 도착한 선물을 감상하는 순서로는, 먼저 각 시에 드러나는 가벼움으로부터 공통된 속성을 추출하는 일로 시작하는 것이 좋겠다. 맨 처음 수록된 「밤 산책」

은 시집 전체를 상징하는 하나의 장면 같은 시다. 두 사람이 나무 아래를 걸어가며 밤 산책을 하고 있다. 그런데 어딘가 낯설다. 산책이라는 표현이 환기할 법한 여느 장면과는 조금 다른 상황 속에서 산책이 전개되고 있어서다. 한 사람이 "저쪽으로 가 볼까" 하고 말하자 다른 한 사람이 "이쪽을 보며 고개를 끄덕"인다. 이어서 두 사람을 에워싸고 있는 풍경이 묘사된다. 두 사람의 이마에는 "얇게 포뜬 빛"이 붙어 있고 두 사람은 "서로의 이마에 번갈아"가며 이파리를 붙여 준다. 번갈아 이파리를 붙여 주는 행위는 두 사람이 서로를 바라보고 있다는 것을 뜻한다. 두 사람은 지금 같은 방향으로 서 있지 않은 것이다. 그런데 저쪽으로 가 보자는 말에 이쪽을 보며 고개를 끄덕이고 있으니, 이쪽과 저쪽이라는 반대 방향이 이 시에서는 동일시되고 있음을 알 수 있다. 이는 각각의 지시어가 갖는 의미가 사라졌음을 의미한다. 이쪽은 저쪽의 반대가 아니고 저쪽은 이쪽의 반대가 아니다. 두 사람의 산책에서 방향과 방향을 가리키는 언어는 서로를 스칠 뿐이다. 「밤 산책」은 이 시집에 진입하기 전에 알아 두어야 할 규칙에 대한 일러두기가 아닐까. 지금부터 밤 산책이 시작될 것이다. 함께하고 싶다면, 이쪽과 저쪽의 의미에 대해서는 묻지 않기로 하자.

「풍선의 무게」에서도 가벼움은 지시되는 의미를 배반하며 나타난다. 화자는 풍선을 만든다. 무게가 나가던 풍선에 공기를 넣어 가벼운 상태가 되도록 한다. 그런데 "가벼워질 때까지 날아가지 않"던 이 풍선에 대한 진술은 "날아간 것은 반드시 무거워졌다"는 모순된 상황으로 귀결된다. "가벼워진 말로만 만나니까/ 가벼운 줄 알았는데/ 막상 들어 보니 생각보다 무거"웠던 것처럼 가벼움이라는 표현과 가벼움이라는 의미가 일치하는 순간 가벼움은 사라진다. 가벼워진 풍선이 날아가고 날아간 풍선은 가벼움을 증명하기는커녕 "날아간 것은 반드시 무거"워지는 이유는 그것이 '가벼움'을 수행했기 때문이라는 역설. 수행된 가벼움은 '가벼움'이라는 의미를 체화했으므로 더 이상 가볍지 않다. 조해주에게 가벼움이란 기존의 의미를 수행하는 것이 아니라 배반함으로써 발생한다는 것이 다시 확인된다. 그러므로 이 시에서 진정으로 가벼운 것은 차라리 "닻을 내리고 싶"은 풍선에 있다. 닻에 매여 있는 탓에 날아오르지 못하는 풍선이야말로 가벼움을 얻은 풍선이다. 무게와 무게를 가리키는 언어는 서로를 스칠 뿐이므로.

'무게 바꾸기'가 본격화되며 점차 놀이로서의 양상을 띠어 갈 때, 우리는 일종의 희열마저 느끼게 된다. 놀이에 가까워질수록 인식론적 가벼움은 존재론적 가벼움으로 진화해 가기 때문인데, 이 과정에서 조해주가 사용하는 생략과 증폭은 새로운 무표정을 만들어 내는 독특한 미감으로 이어진다. 가령 "가까운 거리는 택시를 이용한다"(「가까운 거리」)는 표현은 가까운 거리는 걸어간다는 통념에 근거한 표현을 전복하며 새로운 가벼움을 만들어 낸다. "굳이/ 말은 먼 길을 빙 돌아가고 있다"는 표현 역시 가까운 길을 빙 돌아가고 있다는 생각을 배반하면서 '거리감'에 대한 기존의 의미들을 무화시킨다. 조해주의 이런 시들은 거리감을 비롯해 우리의 감각을 구성하고 있는 상식들을 해체함으로써 기존에 통용되는 의미의 그물망을 하나하나 풀어 나간다. 최소한의 언어로 최대치의 전복을 이루어 내는 것이다. 이것은 시적으로 세상의 논리를 뒤집는 조해주 시의 가장 빛나는 부분이기도 하다. 이제 우리 두 손에는 형태를 잃어버려 어떤 것도 포획할 수 없는 그물의 재료만이 덩그러니 놓여 있다. 이 실로는 형태가 있는 것은 하나도 잡을 수 없다. 조해주는 풀어진 실을 엮어 다시 그물로 만든다. 오직 가벼운 것만이 통과할 수 있는 새로운 그물망이자 스쳐 지나가는 것만 붙잡을 수 있는 역설적인 그물코를 완성하기 위해.

2 석과(石果)의 시간은 흐르지 않는다

의미 불일치가 가져다주는 가벼움은 곧이어 시간의 부재 속에서 순간이라는 가벼움을 얻는다. 문학에서 시간이라는 개념에 대한 도전은 유구한 역사를 가진다. 인간에게 시간은 여전히 축적의 개념이다. 과거가 쌓여 현재가 되고 현재가 쌓여 미래가 된다는 축적과 선형적 구조는 굳건하고, 우리는 시간이 흐르고 있다는 믿음 속에 산다. 그러나 많은 예술 작품들이 과거에서 미래로 흐르는 시간, 즉 '인간의 시간'에 반기를 들며 흐르지 않는 시간의 가능성, 즉 '우주의 시간'을 느끼려고 이야기를 만들어 왔다. 더퍼 브라더스의 드라마 「기묘한 이야기」에서 '기묘한 것'이 가리키는 것은 현실과 공존하는 불특정한 시간대의 현존이었다. 기억의 지배를 받는 규정할 수 없는 시간이 우리가 살아가는 세계에 공존하고 있다는 세계관은 일찍이 스타니스와프 렘의 『솔라리스』에서 성찰된 세계이기도 하다. 시간이 흐름에 역행하는 이 작품들은 '무시간성'이라는 개념으로 시간과 인간을 다시 바라본다. 이들에게 시간은 현재라는 시점으로 존재한다. 시간은 흐르지 않는다.

『가벼운 선물』에서 우리는 흐르는 시간과 구분되는 다른 시간을 경험한다. 이 시간은 '순간'의 상태로 멈춰 있다. 「체조 경기를 보다가」는 시간에 대한 다른 감각이 잘 드러나는 시다. 올림픽 체조 경기를 보고 있는 '나'는 스스로가 올림픽에 나가거나 프러포즈도 못 할 것이라고 말한다. 그렇게 말하는 이유는 "인생은 길기 때문"이다. 인생이 길기 때문에 올림픽에 나가거나 프러포즈를 할 수 있을 것이라고 말해야 할 테지만 오히려 반대로 말하는 것이다. 긴 인생이 불가능의 증거라면 짧은 시간은 가능성의 증거가 된다. 화자는 이렇게 말한다. "내가 아주 잠깐/ 나라면/

나는 아주 완벽한 삶을 살 텐데". 올림픽이나 프러포즈는 미래라는 시간이다. 미래는 가능성이 아니라 불가능성의 근거가 된다. 미래는 없기 때문이다. 있는 것은 현재뿐. 「최근」에 이르면 가장 가까운 미래까지 부정된다.

죽었다던데? 익사라던데?
그가 말하자 나는
죽은 건 맞지만 최근은 아니라고 답한다

(중략)

무슨 일 있었어? 그가 묻고 나는
있었던 건 맞지만
최근은 아니라고 답한다

─「최근」 부분

막연한 미래는 물론이고 가장 가까운 미래인 '최근'까지를 부정함으로써 오직 현재만을 시간으로 규정하는 조해주는 「시먼딩」을 통해 새로운 시간의 이미지를 만들어 보인다. 이 시를 통해 표현하는 이미지는 부서지거나 부서지지 않은 과일이지만, 이 시를 통해 시인이 말하는 것은 시간이 존재하는 방식에 대한 통찰이다. 시먼딩은 대만의 한 도시다. 시의 화자는 한 무리의 오토바이가 지나가면서 과일 가게 매대에 한가득 쌓아 놓았던 석과 더미가 무너지는 것을 바라본다. 무너진 석과들 중에는 터져서 과육이 흘러나온 것들도 있다. 화자는 석과가 무너지는 것을 보며 사람 머리가 날아갈 수도 있겠다고 상상하며 부서진 석과가 그렇지 않은 석과와 함께 봉투에 담기는 것을 본다. 다음은 석과가 무너지는 상황에 대해 묘사하고 있는 장면이다.

눈앞을 지나가는 빛의 무리는
정말 오토바이일까

한 대의 오토바이가
푸르게 쌓아 놓은 석과 더미를 무너뜨린다

천막 아래서 졸던 과일 가게 주인이 놀라서 얼른 뛰어나오고
형체를 알아보기 어려운 덩어리들을 주워서 담기 시작한다 이거 먹을 수 있는 건가 생각하면서

손가락 사이로 흐르는 과육
석과에서 나온 하얀 속이 여기저기 덮인 바닥

　　　　　　　　　　　　　　　　　　　　—「시먼딩」 부분

대만에서 볼 수 있는 과일인 석과는 석가모니의 머리를 닮아서 '석과'라 불린다 전해진다. 동시에 '석과'는 단단한 핵으로 둘러싸여 있는 씨가 있는 열매를 총칭하는 말이기도 하다. 겉의 껍질은 얇고 씨와 껍질 사이의 중과피는 살과 물기가 많다. 복숭아, 살구, 앵두 같은 열매가 석과에 속한다. 씨와 물렁물렁한 살과 외피를 두르고 있는 이 과일은 시간에 대한 형상화처럼 보이기도 한다. 가장 바깥쪽에 있는 외피가 가장 오래된 시간이고 그보다 안쪽의 과육은 가장 많은 부분을 차지하는 현재의 시간이며 씨앗은 가능성을 품고 있는 미래의 시간이다. 조해주에게 시간 인식은 석과의 구조처럼 여러 시간을 동시에 품고 있다. 모든 것이 그대로인 채 다만 현재 속으로 빠져든다.

3 수조-되기의 의미

언어의 의미가 부정되고 시간의 흐름이 통하지 않는 구조를 형상화한 시들을 살펴봤다. "이상한 마음을 먹은 바람에" "무엇이든 할 수 있"는 시라고 말하고 싶어지는 장면들이기도 했다. 그런데 이상한 마음을 먹은 시들을 둘러싸고 벌어지는 일들이 흥미롭다. "핸들의 방향을 틀며 웃는"데 그를 바라보는 사람에게는 그가 짓고 있는 웃음이 보이지 않는 것이다. "좀 웃어 봐" 이렇게 말하는 소리를 듣고는 "웃고 있다고 대답한다."(「표범의 마음」) 미소 짓고 있지 않으니 웃으라고 말했을 것이다. 여기에 대고 웃고 있다고 대답한다는 것에는 두 가지 가능성이 있다. 웃고 있는 것을 상대방이 인식하지 못했을 경우, 웃고 있지 않았으면서 웃고 있다고 거짓말을 했을 경우. 전자든 후자든 얼굴에 나타난 표정을 두고 서로가 의미를 교환할 수 없다는 것은 동일하나, 여기에 별다른 의문을 제기하지 않음으로써 의미는 애초에 교환되지 않는 것이 된다. 이로써 부정되는 것은 작용과 반작용으로 이루어진 '반응하는 세계', 또는 '영향받는 세계'다.

조해주의 시에서는 작용과 반작용이 아니라 작용과 비작용이 주된 반응이다. 조해주의 시에서 우리가 흥미롭게 탐색하는 사유의 방식은 '작용하지 않는 상태'를 실천하는 의지에 있다. 이것은 마치 "수조를 사려는 사람이 가늠하는 수조의 크기"와도 같다. 이때 화자는 구체적인 필요에 의한 구조를 선택하는 것이 아니다. 오히려 "어떠한 형태도 이루고 싶지 않아서"(「처음 보는 사람」) 수조를 사고자 하므로 화자에게는 수조를 위한 수조가 필요한 것이다. 무엇인가를 키우기에 적당한 기준값이 존재하지 않으므로 어떤 것도 가능하다. 반작용에는 '작용'이라는 기존이 존재하지만 비작용에 작용이라는 기준값은 오직 작용하지 않기 위해서만 의미 있다. 반응을 위해 상대를 필요로 하지 않고 상대에 의해 반응이 일어나지도 않는다. 상호 교환됨으로써 서로에게 미치는 영향이 없는 셈이다. 일찍이 어항의 이미지에 주목했던 것은 푸코였다. 푸코에게 담론은 어항의 형상을 띠고 있으며 우리는 어항 속 물고기에 비유되었다. 물고기는 어항 안에서 어항의 방식으로 살아갈 수밖에 없다. 푸코는 이 어항이 어떻게 여기에 있게 되었는지, 이 어항에서 유통되는 것들이 나 자신에게 어떤 영향을 주는 것인지, 왜 다른 어항이 아닌 바로 이 어항이 여기에 있는 것인지를 질문했다. 그리고 그에 대한 답변을 찾기 위해 어항 밖에서 어항을 들여다보고자 했다.

"회의주의자는 이중의 존재다. 사유하는 한 그는 어항 바깥에 있으면서 그 안을 맴도는 금붕어들을 바라본다. 그러나 그 역시 멀쩡하게 살아가야 하기에, 자신 또한 한 마리 금붕어로 어항 속에서 다음 번 선거에 어떤 후보를 지지할 것인지를 결정한다. (자기 선택에 대단한 진리를 부여하지 않으면서 말이다.)"*

회의주의자는 그가 의심하는 어항 바깥에 있는 한 명의 관찰자인 동시에 금붕어 가운데 한 마리다. 바깥에 있는 동시에 안에 있다는 점에서 조해주의 수조는 푸코의

* 폴 벤느, 이상길 옮김, 『푸코 사유와 인간』 (산책자, 2009), 10쪽.

어항을 떠올리게 한다. 그러나 어항이 그 안에서 살아가는 물고기의 존재를 전제하는 것과 달리 수조는 물을 담아 두는 통일 뿐 그 내용물을 전제하지 않는다. 수조의 실질적인 기능이나 수조의 형태를 특정할 수 없다는 점에서 조해주의 수조는 푸코의 어항보다 더 보다 더 구조 자체를 추구한다고 볼 수 있다. 「처음 보는 사람」에서 "나"는 "깨지지 않으려고" "가만히 앉아 있는" 수조에 비견된다. 어떤 종류의 형태도 이루지 않기 위해 꿈꾸는 수조-되기는 비작용 상태에 이르기 위한 비유다. 「표범의 마음」은 차창에 기대 이동하며 바라보는 바깥의 풍경과 차 안에서 듣는 라디오 뉴스의 내용들이 뒤섞이며 내면의 외부화와 외부의 내면화가 구분되지 않는다. 외부의 풍경이 내면의 반영인지, 내면이 인식이 풍경의 반영인지 알 수 없는 상태가 된다. 무엇이 무엇의 반영인지 묻지 않기 때문이다.

사회 현상의 관계적 특성에 중점을 두고 바라보는 구조주의자들은 사물의 의미가 본래 지닌 속성에 의해 규정되는 것이 아니라 다른 대상과의 관계와 그로 인해 생겨나는 차이점에 의해 규정된다고 파악한다. '수조-되기'는 조해주 시가 구조주의적인 특성을 지니고 있음을 보여 준다. 의미를 거부하는 언어, 흐르기를 거부하는 시간성은 역설적으로 구조주의적 요소들을 이룬다. 정해진 관계에 의해 결정되어 버리는 의미를 거부함으로써 기존의 의미를 결정지었던 구조를 드러낸다. 그러나 기존의 의미와 구분되

는 새로운 관계를 도모하지 않는다. 수조 그 자체가 되고
자 함은 우연히 도래할 또 다른 만남의 시작을 기다리는
'환경'이 되는 것에 더 가깝다. 우리는 여기에서 영향으로
부터 자유로운 조해주 시의 세계관을 조금 더 이해할 수
있게 된다. 수조는 환경이다. 아직 무엇도 발생하지 않은
무의 상태를 상상한다는 건 잘못된 구조를 극복할 수 있
는 유일한 구조다. 구조를 바꿀 수 있는 방법은 다른 구조
밖에 없다.

4 '다시'의 사용법

　그렇다면 비작용을 넘어서는 또 다른 작용은 무엇으로
인해 가능할까. 반복의 발견을 통해서다. 조해주가 비작용
을 넘어서기 위해 주목하는 반복을 바라보기에 앞서 '반
복'의 의미에 가치중립적으로 먼저 접근해 보자. 「트램펄
린」은 반복을 중심으로 의식의 한계 구조를 명확하게 보
여 주는 시다. 트램펄린 위를 뛰면 울타리 안에 있으면서
도 울타리를 벗어날 수 있다. 하지만 다시 제자리로 돌아
오고 마는 이 행위를 두고 '벗어난다'고 말할 수 있을까.

　　마당에 트램펄린이 있다면

울타리 안에 있으면서도
멀리 벗어날 수 있다

아주 간단하게

벗어날 수 없다
다시 돌아오는 것이다 혀처럼
아무리 높이 뛰어오르더라도
반드시 그곳에 착지하게 되는

윗입술과 아랫입술이
이렇게 멀리 떨어져도 되나?

(중략)

그러니까 마음껏 놀아도 된다 그 안에서
아무리 놀아도 위험해질 수 없기 때문에

—「트램펄린」부분

　이탈과 회귀가 반복되며 정체하는 시들 사이에서 눈
에 띄는 반복이 있다. 「생일」에서 '나'에겐 질문에 대답
할 기회가 여러 번이었으면 좋겠다는 바람이 있다. 하나
의 이유가 아니라 여러 가지 이유를 모두 다 말할 수 있

도록 시간이 다시 왔으면 하는 것이다. "혼자서 다 했어? 이 많은 걸" 하고 묻는 질문에 한번은 "그냥"이라고, 또 한번은 "집이 너무 어두운 것 같아서"라고, 그리고 또 한번은 "건배로 할까?"라고 대답했으면 어떨까 상상하기도 한다. 「CLOSED」에서는 지나가는 행위에 주목한다. 문구점 안에 앉아 있으면 "옆으로 누군가 지나"가고 어떤 날에는 "나"도 "가게 앞을 지나가던 사람"이 된다. 사람만 지나가는 건 아니다. '나'는 "방금 그 이야기 너무 웃겼는데/ 미처 웃질 못했"으니 "다시 해 줄 수 있"냐고 묻는다. 이야기도 지나가고 있는 것이다. '다시'는 가능성의 내용이고 '지나감'은 가능성의 표현이다. 끊임없는 현재성으로서의 '다시'는 지나는 행위를 통해 드러난다. '다시'는 지나가는 행위와 결합하면서 보통의 반복과 구분되는 특별한 반복이 된다. 지나간다는 것은 기존의 그물망에 걸리지 않으면서도 존재하는 상태다.

이 글의 서두에 인용한 시 「음악 때문에」에는 새어 나가고 있는 연기를 따라 할 수는 없지만 연기가 어떻게 지나가고 있는지는 알 수 있다는 말로써 '지나가는 것'이라는 상태를 인식 가능한 것으로 말한다. '다시'는 지나가는 것이 사라지지 않음을 뜻하는 영원한 현재성의 말이다. 어떤 형태도 이루지 못하는 수조가 되고 싶다는 말이 가리키는 것은 단 하나, 방금 지나간 것이 또 지나가고, 지금 지나간 것이 다시 또 지나간다고 믿을 수 있는 '다시'의 가능성이 아닐까. 무엇이 되지 않을 때 무엇도 될 수 있다. 무엇도 되지 않은 상황이 반복될 때 무엇도 될 수 있는 상황이 반복된다. '다시'란 형태의 반복이 아니다. 과거가 미래가 될 수 있고 미래가 과거가 될 수 있다는 가능성의 반복, 이는 영원의 가능성이기도 하다.

그러므로 "윗입술과 아랫입술이/ 이렇게 멀리 떨어져도" (「트램펄린」) 괜찮다. 완전히 벗어나지 않으므로 다시 둘은 가까워질 테고, 가까워진 둘은 다시 멀어질 테며, 이 끊임 없는 반복 속에서 가벼움은 태어난다. '밤 산책'이라는 시를 읽으며 이쪽과 저쪽의 의미에 대해 묻지 않기로 했던 약속을 기억해 보자. 이쪽과 저쪽에 대해 묻지 않고 흐르는 시간으로부터 영향받지 않을 때, 우리는 비로소 가벼움을 손에 넣을 수 있다. 땅에 뿌리 내린 '가벼운' 풍선이 될 수 있다. 이제 우리는 조해주가 "혼자 갈 수 있다"고 할 때 그 혼자의 의미에 조금 가까워진 것 같기도 하다. 우리는 흩어지고 있다. 우리는 지나가고 있다. 우리는 가벼워지는 중이다.

알베트로 자코메티가 걷는 인간의 팔다리를 기다랗게 늘려 표현하고 싶었던 것은 가벼움이었다. 마른 나뭇가지처럼 앙상한 인간들이 휠휠 걸어다닌다. 스스로 가벼워질 수 있는 인간만이 땅 위를 걷고 있으면서도 땅으로부터 멀어질 수 있다. 영향을 주고받는 세계로부터 멀어진 채

외로운 세계를 향해 그물을 던지는 사람, 훨훨 걸어다니는 시를 쓰는 사람, 누구보다 매혹적인 무표정을 지어 보일 수 있는 사람. 조해주는 어떤 사람일까. 이 글이 끝나 가는 시점에 이르자 조금 궁금해진다. 그의 시를 읽으며 배운 이 가벼운 무표정을 시인에게 보여 주고 싶다. 이쪽과 저쪽을 구분하지 않는 우리의 표정을 나눠 보고 싶다.

지은이 조해주

2019년 시집 『우리 다른 이야기 하자』로 작품 활동을 시작했다.

가벼운 선물

1판 1쇄 펴냄 2022년 9월 27일
1판 2쇄 펴냄 2023년 6월 5일

지은이 조해주
발행인 박근섭, 박상준
펴낸곳 (주)민음사

출판등록 1966. 5. 19. (제16-490호)
서울특별시 강남구 도산대로1길 62(신사동)
강남출판문화센터 5층 (06027)
대표전화 02-515-2000 / 팩시밀리 02-515-2007
www.minumsa.com

ISBN 978-89-374-0921-9
      978-89-374-0802-1 (세트)

* 잘못 만들어진 책은 구입처에서 교환해 드립니다.
* 한국문화예술위원회의 2020년 한국예술창작아카데미
  선정 작가의 작품입니다.

민음의 시

목록